Algar
COLECCIÓN CALCETÍN

Marvin, el limpiabotas

Dolors Garcia i Cornellà

Dibujos de Josep Vicó

XII Premio de Narrativa Infantil Vicent Silvestre

ALGAR EDITORIAL

Para Jordi,
que me llevó a
Chichicastenango

Al país donde vive Marvin le llaman «el de la eterna primavera», porque hace frío muy pocas veces. Siempre hay un sol amarillo y deslumbrante colgado del cielo, y en la tierra crece de todo durante todo el año. Allí no hay invierno, ni verano, ni otoño. Allí, en Guatemala, siempre es primavera.

Marvin tiene siete años y, si viviera aquí, seguramente haría una fiesta con sus amigos el día de su cumpleaños, tendría la habitación llena de pósteres, y una cama blanda, y comería algo a la hora de almorzar, y a la de comer, y a la de merendar, y a la de cenar. También iría al colegio, y cuando saliera por la tarde, iría a natación, y a clase de inglés o de música, o al entrenamiento de fútbol. Pasearía por la calle y vería los escaparates de las tiendas llenos de cosas bonitas, y los domingos iría con su familia a comer a un buen restaurante. En invierno iría a esquiar y, en verano, pasaría las vacaciones a la orilla del mar. Si Marvin viviera aquí, seguramente tendría un anorak nuevo cada temporada. Y unos zapatos.

También puede ser que, aunque Marvin vivera aquí, no hiciera ninguna fiesta de cumpleaños con sus amigos, ni fuera a esquiar en invierno, ni a comer a un restaurante todos los domingos. Puede que tampoco fuera a natación ni a informática al salir del colegio, y que aprovechara el anorak que se le hubiera quedado pequeño a algún vecino. Puede que no tuviera una cama demasiado blanda y que no pasara las vacaciones de verano a la orilla del mar. Pero si Marvin viviera aquí, seguro que tendría zapatos, aunque sólo fuera un par. Eso, seguro.

Pero Marvin, que no vive aquí sino en el país de la eterna primavera, va siempre descalzo. Siempre. Por su casa, por las calles del pueblo y por los caminos de montaña. Siempre va descalzo, Marvin. Porque resulta que no tiene zapatos.

Pero, a pesar de ir siempre descalzo, se pasa el día limpiando los zapatos de los demás.

Veréis.

Marvin tiene cuatro hermanos pequeños: Lionel, Marilena, Gilberto y Danilo, que sólo tiene tres meses. Su madre, Alma, está un poco enferma, porque ha tenido los cinco hijos en muy poco tiempo, en sólo siete años, y no se alimenta bastante ni duerme lo suficiente. El padre de Marvin trabaja lejos, en la selva, cortando árboles para hacer sitio a una carretera. Se pasa tres meses fuera de casa. Después vuelve, está cinco o seis días con la familia, le da un poco de dinero a Alma, besa muchas veces a sus hijos y se vuelve a la selva, a cortar árboles.

Marvin y su familia viven en un pueblo que tiene un nombre muy bonito, Chichicastenango. No me digáis que no es un nombre bonito... ¡Si hasta parece que cantes, cuando lo dices! ¡Chichicastenango! De todas maneras, la gente suele llamarlo Chichi. En las calles de Chichi ponen un mercado muy grande y muy importante los jueves y los domingos. Y entonces llegan muchos turistas para pasear, hacer fotografías y comprar.

Marvin vive a las afueras de Chichi, en una casa hecha de latas de todos los colores, cuadrada y pequeña, tan pequeña como el comedor de cualquiera de nuestras casas. Puede que nuestro comedor no sea pequeño, pero tenemos que pensar que Marvin y su familia lo tienen todo en ese espacio: la cocina, el comedor, los colchones, todo. En casa de Marvin no hay luz ni agua, ni gas ni teléfono, ni radio ni televisión. En vez de luz, encienden velas. Y van a buscar el agua a la fuente de la plaza, cargados con cubos. Cocinan con un pequeño fuego de leña que encienden en el suelo. Y, en vez de hablar por teléfono, de oír la radio o de ver la televisión, Marvin, su madre y sus hermanos hablan, ríen, chillan, juegan, se enfadan o se abrazan.

Como el padre de Marvin tardaba más en volver a casa que las otras veces, a Alma se le acabó el dinero que le había dejado. Y no podía ir a trabajar porque todos los días se desmayaba una o dos veces, y también porque tenía que ir al lavadero de la plaza a lavar la ropa, y tenía que ir a buscar leña por la cuneta de la carretera para poder encender el fuego, y por las noches no podía dormir porque Danilo, que ya hemos dicho que sólo tiene tres meses, lloraba sin parar. Y cuando no se duerme y no se descansa bien, por la mañana se ve todo mucho más complicado. Y Alma, cuando se despertaba cada día con la primera luz del alba, ya sentía dentro una pena muy grande, una pena tan inmensa que la hacía desesperar, porque ya no tenía dinero pero tampoco podía ir a trabajar. Porque, si iba, ¿qué haría entonces con los hijos más pequeños?

Y así fue como un día, cuando el sol empezaba a abrir los ojos, la mujer despertó a Marvin, que dormía bien abrazado a Marilena y a Lionel, en el colchón que había al lado de la puerta.

–Marvin, ven –le dijo bajito, para no despertar a los otros.

Y Marvin, que, aunque no se lo había dicho nadie, sabía que estaba en el mundo para escuchar a su madre y para hacerle siempre caso, sobre todo ahora que su padre estaba tan lejos, se levantó de un salto.

–¿Qué pasa, mamá? ¿No te encuentras bien?

No le gustaba ver a su madre enferma, o cayendo al suelo sin sentido, aunque fuera sólo por unos instantes.

–¿Aviso a Mariana, mamá?

Mariana era una vecina, bastante mayor que la madre de Marvin, que vivía sola unas casas más allá y que siempre había cuidado a

Marvin, a sus hermanos y a su madre como si fueran su propia familia.

–No, no, estoy bien...

La puerta de la casa estaba abierta y, a contraluz, Marvin se dio cuenta de que había alguien en el umbral.

–Ven, Marvin, ven –decía la madre, algo nerviosa.

Marilena se removió en el colchón estrecho y húmedo. Danilo estornudó.

–¡Que vengas! –repitió la madre, impaciente.

Alma no tenía que repetirle muchas veces las cosas a Marvin, pero aquel día el niño sintió una sensación extraña, como si un aire diferente y perturbador acabara de entrar en la casa sencilla, pequeña y oscura de las afueras de Chichi.

En la calle había un gran alboroto porque era jueves, día de mercado en Chichi. De hecho, donde vive Marvin no es una calle, sino una de las carreteras que llegan al pueblo. Y la casa de Marvin y unas cuantas más están apoyadas en la ladera de la montaña. Entre la casa y la carretera sólo hay unos tres metros, no más, y, para que los coches no invadan ese trozo y no atropellen a los niños cuando juegan, un día, ya hace tiempo, el padre de Marvin puso una valla hecha con unos cuantos troncos. Alguien del ayuntamiento se la hizo quitar, pero él, cuando se marchó el del ayuntamiento, la volvió a poner. Y todavía está.

En este trozo de patio Alma tiende la ropa, y los niños juegan todo el día mientras las gallinas picotean la tierra buscando gusanos y semillas para comer.

En medio del patio, la madre de Marvin hablaba con una mujer bajita y regordeta, con los pelos asomándose por debajo de un turbante de colores, como el que llevan muchas mujeres en Guatemala. También su ropa era de colores. Pero Marvin se fijó en que era una ropa bastante sucia, y en que llevaba muy negras las uñas de las manos.

–Ven, Marvin.

Marvin pensó que, aquella mañana, su madre no sabía decir otra cosa que no fuera «ven, Marvin». ¿Cuántas veces se lo había dicho ya?

–Esta señora es Leonor, Marvin. Ve con ella.

–¿Adónde?

–Ahora te lo dirá.

Alma le dio un saquito con unas cuantas alubias y un trozo de torta de harina.

–Te lo comes al mediodía, cuando tengas hambre.

–¿Es que no comeré en casa?

–No, hoy no.

–¿Por qué?

–Porque hoy no estarás en casa a la hora de comer, hijo.

–¿Y dónde estaré?

–Ahora te lo explicará todo Leonor.

–Yo quiero que me lo expliques tú.

Alma, que estaba a punto de echarse a llorar, se puso blanca como un papel de fumar y se llevó la mano al pecho.

–¿Qué te pasa, mamá?

–Venga, niño, que ya hemos perdido bastante el tiempo –le dijo aquella mujer, estirándole del brazo con cierta violencia.

–¡Déjame en paz! –gritó Marvin, soltándose de Leonor y corriendo hacia su madre.

Marilena y Lionel, que se habían despertado al oír los gritos, lo miraban todo desde la puerta con unos ojos legañosos y dormidos.

Por la carretera continuaba la procesión de coches y personas hacia el mercado, todos cargados, unos con frutas y verduras, otros con ropas de todos los colores o pequeñas piezas de artesanía. Niños y niñas muy pequeños cargaban enormes fardos sobre la cabeza. Había muchas mujeres que cargaban con un bebé a la espalda mientras llevaban más y más fardos en las manos.

–Oye, tú –le decía ahora Leonor a Alma–. Yo no quiero chavales rebeldes como este. O haces que se calle ahora mismo, o te lo quedas, que ya tengo yo bastante trabajo.

Y es que Marvin había empezado a disparar preguntas como si se hubiera vuelto loco:

–¿Quién es esta mujer, mamá? ¿Qué te pasa? ¿Es que no te encuentras bien, que te pones la mano en el pecho? ¿Por qué estás tan blanca? ¿Quieres que vaya a por agua a la fuente? ¿Qué tengo que hacer con esta mujer? Yo no quiero ir con ella. ¿Quién les dará las alubias a Marilena, a Gilberto y a Lionel al mediodía, si yo me voy y tú no te encuentras bien? ¿Quieres que vaya a buscar a Mariana?

–¡Calla, Marvin, calla! –pudo decir por fin Alma–. Calla y ve con ella.

–Pero no podré ayudarte si te encuentras mal y yo me voy.

–Me ayudarás mucho más si te vas con ella. Sé buen chico y ve con Leonor. Y no te preocupes, que a la tarde volverás a casa y cenaremos juntos.

–Pero, mamá, yo...

–¡Vete de una vez!

Alma se volvió y se fue hacia la puerta. Una vez allí, hizo entrar a Marilena y Lionel en casa. Danilo volvía a llorar. Gilberto dormía como un santo.

–¿Qué? ¿Ya nos podemos ir? –le preguntó la mujer a Marvin.

Tenía los dientes grandes, amarillos y salidos hacia fuera, y los ojos pequeños, oscuros como el fondo de un pozo y llenos de desconfianza.

–No sé –murmuraba mientras miraba a Marvin de la cabeza a los pies–, no sé yo si hago un buen negocio contigo. Para empezar, ya me has hecho perder mucho tiempo.

Hizo el gesto de darle un cachete y Marvin, de un salto, se separó de ella.

Echaron a andar por la carretera, ella delante y él detrás. Durante un buen trecho, Marvin iba girándose de vez en cuando por si veía a su madre en la puerta, por si acaso se arrepentía de lo que acababa de decir y de hacer y salía a llamarlo. Pero la puerta de casa de Marvin estuvo cerrada durante todo el tiempo que el niño pudo verla. Cuando llegaron a la curva desde la cual se veían ya las primeras casas de Chichi, y enfilaron el último tramo hasta el pueblo, Marvin ya no volvió a girarse.

Chichi parecía un hormiguero en aquella primera hora de la mañana, un hormiguero de todos los colores. La mayoría ya había montado el puesto en las calles estrechas y empedradas, y empezaba a exponer sus mercancías. Muchos de ellos habían llegado la noche anterior y habían dormido en la plaza, al lado de los paquetes y del mostrador desmontado que, seguramente, habían llevado desde muy lejos, algunos a pie y otros, los más afortunados, en camioneta.

Las calles se transformaban poco a poco, y sólo quedaba un paso estrecho entre los puestos colocados a ambos lados. Cubrecamas, caminos de mesa, pañuelos de cuello,

alfombras y *huipiles,* el vestido típico de las mujeres de Guatemala, se convertían en una cortina de mil colores que parecía bajar del cielo y quedar suspendida a pocos palmos del suelo. También poco a poco los autocares grandes, ruidosos, de colores chillones, llegaban a Chichi y descargaban tandas de turistas que, con la cámara fotográfica pegada a los ojos, se perdían por aquel laberinto de gritos, de colores y de perfumes diversos.

Un cielo azul, sin una nube, se extendía sobre el hormiguero de todos los colores.

Marvin se dio cuenta de que, de vez en cuando, se les añadía algún que otro niño como él. El primero fue uno que salió de una de las primeras casas del pueblo, después de que Leonor lanzara un silbido agudo y muy corto. Más adelante, otro salió como un rayo de una tienda de maderas y alambres en cuanto oyó el silbido. Y después otro. Y otro. Y así, a golpe de silbidos de Leonor, siete niños como Marvin, Marvin y Leonor llegaron ante un portal cerrado con una persiana metálica, a la entrada de un callejón estrecho y oscuro.

Un poco más adelante, en la plaza principal de Chichi, se alzaba una iglesia pintada de blanco, con una escalinata que, a aquella hora de la mañana, ya estaba llena de gente. Algunos hombres quemaban ramas o volteaban pequeños botes de hojalata con agujeros por los que salía un humo blanco y aromático. Y, mientras tanto, cantaban canciones o murmuraban palabras que parecían salidas de un libro de magia. Marvin ya había visto muchas veces a aquellos hombres haciendo fuego y humo en la escalinata, pero aquel día todo le parecía nuevo y extraño porque lo miraba con otros ojos, unos ojos un poco espantados.

Y es que Marvin, aunque había sido su madre quien le había empujado a irse con la mujer de los dientes amarillos, no las tenía todas consigo. Ya hacía tiempo que sabía que pronto llegaría el día de ponerse a trabajar, como muchos otros niños y niñas de Chichi. Unos iban al bosque a buscar leña, y después la vendían a los hombres y mujeres más ancianos del pueblo, que ya no podían ir a buscarla porque las piernas, de tan cansadas, ya no querían llevarlos. Otros acompañaban a sus padres a los cultivos de café o de maíz. También había otros que pedían limosna por las calles, o que ayudaban a montar las paradas a los comerciantes más viejos, o que acompañaban a los turistas a buscar hotel a cambio de unas monedas. Muchos amigos de Marvin, incluso algunos más pequeños que él, ya habían empezado a trabajar hacía tiempo. Marvin sabía que, con siete años, también tendría que hacerlo, y que seguramente no volvería a ir a la escuela. Su padre, cuando se fue a la selva, se lo dejó muy claro:

–Aprende tanto como puedas en la escuela, hijo, porque cuando cumplas los siete años ya no volverás.

Marvin había cumplido los siete años hacía sólo una semana.

Leonor abrió la persiana metálica de un solo estirón y ordenó a los niños que entraran deprisa. Cuando estuvieron todos dentro, la volvió a cerrar.

Por una ventana pequeña, llena de telarañas y casi pegada al techo, entraba un poco de sol. Pero, a pesar de eso, la oscuridad era casi absoluta en aquel minúsculo local lleno de trastos y que apestaba a betún. Marvin tropezó un par de veces.

–¿Quieres estarte quieto? –le mandó Leonor, mientras hurgaba dentro de una especie de armario que parecía a punto de caer de un momento a otro–. Como me rompas algo, te rompo yo la nariz.

Los otros niños miraban a Marvin y sonreían. Había uno al cual conocía de vista, de cuando iba a la fuente a buscar agua con dos cubos. Algún día que no tenían prisa habían jugado un rato juntos alrededor del lavadero. Se llamaba Malcom.

Marvin se acercó a Malcom, procurando no tropezar con nada más para no despertar la furia de Leonor.

–Hola –le dijo.

Malcom lo miraba, divertido. Era un chaval bajito y delgado, con la cara sucia y la ropa hecha un desastre, pero siempre se reía y enseñaba unos dientes blanquísimos.

–Hola –contestó Malcom.

Leonor empezó a ordenar unas pequeñas cajas de madera. Marvin las conocía muy bien. Cuando no había colegio, y se iba a dar vueltas por las calles los días de mercado, veía un montón. Muchos niños iban todo el día arriba y abajo con aquellas cajas negras, buscando los zapatos de los turistas para lustrar. Y alguna vez se había parado a ver cómo lo hacían. Primero, perseguían al posible cliente, gritando sin descanso:

–¿Quiere que le limpie los zapatos? ¿Quiere que le limpie los zapatos? ¿Quiere que le limpie los zapatos?

Cuando el hombre, o la mujer, aceptaba, allí mismo, en mitad de la calle, el niño se agachaba y el hombre ponía el zapato encima de la horma pegada a la tapa de la caja por la parte de arriba. Después todo era muy lento, aunque parecía que era muy rápido. El niño extendía un poco de betún por encima de los zapatos, les daba tres pasadas a cada uno con un trapo negro como la noche y, finalmente, con el cepillo, cepillaba un buen rato cada zapato. Entonces, el hombre se sacaba unas monedas del bolsillo y se las daba al niño. Las manos de los niños que limpian zapatos por las calles y las plazas de Chichi son negras, tan negras como el betún que extienden por la piel de los zapatos de los turistas. Marvin, cuando miraba a los niños limpiabotas y les veía aquellas manos tan negras, pensaba siempre que eso no lo haría él nunca, nunca. Que, antes, se iría a los campos de café, a trabajar de sol a sol.

–Es tu primer día –oyó que le decía Malcom.

–Sí.

–No te preocupes. Yo te enseñaré.

Leonor empezó a repartir las cajas.

–¿Quieres decir que es muy difícil?

–Hombre, hay algunos trucos –dijo Malcom, con un cierto aire de superioridad.

–¿Trucos?

–Sí, trucos para que los turistas se paren y se dejen limpiar los zapatos.

Quizás hay que decir que Marvin, aquella mañana, no estaba nada contento, las cosas como son. Su madre lo había colocado con aquella desconocida sin decirle ni pío. De acuerdo, estaban en plenas vacaciones escolares y tenía tiempo para trabajar, en vez de estar todo el día jugando al sol. Pero él se había imaginado que aquello de empezar a trabajar sería de otra manera. Que primero hablarían un poco, aunque sólo fuera el día anterior, a la hora de cenar. Pero su madre le había hecho salir de la cama con prisas, y no había tenido tiempo ni de pasarse un poco de agua por la cara.

Marvin, de golpe, había entendido que seguramente no volvería más a la escuela, y eso le preocupaba mucho y lo ponía triste. A él le gustaba aprender cosas nuevas, hojear aquellos cuentos que la maestra tenía en la estantería, hacer sumas y escribir letras, aprender canciones, recortar papeles, leer. Marvin era listo, y todo lo aprendía deprisa. No tenía ni un solo lápiz de color, ni una goma, ni una libreta, ni un cuento. Pero la maestra, la señorita Lucinda, se lo dejaba cuando lo necesitaba, y él era feliz con aquel trozo de lápiz de color entre los dedos, dibujando letras, inventándose dibujos.

Marvin, descalzo y sin mochila, porque tampoco tenía mochila, iba cada día a la escuela con una alegría tan limpia y tan clara como la luz de aquella mañana en Chichicastenango.

Por eso los consejos de Malcom, en aquel local estrecho, oscuro y que apestaba a betún, le parecían una trampa. ¡Él no quería limpiar zapatos! ¡Él quería seguir yendo a la escuela cuando se acabaran las vacaciones! ¡No quería aprender trucos para limpiar los zapatos de los turistas! Él, lo que quería en aquel momento era volver a casa, acostarse otra vez en el colchón de al lado de la puerta, abrazarse bien fuerte a Marilena y Lionel y fingir que todo aquello no había pasado.

De todas maneras, por un momento, por un momento muy pequeño, pensó que si tenía que limpiar zapatos sólo los días de mercado, los jueves y los domingos, quizá podría seguir yendo a la escuela. Sólo faltaría los jueves, porque el domingo es fiesta. Tendría que hablarlo con su madre, cuando volviera a casa por la tarde. Este pensamiento lo animó un poco.

–Tienes que poner cara de pena y de hambre –seguía diciendo Malcom–. Y, si te salen mocos de la nariz, mejor. Cuanto más sucio y mocoso vayas, más turistas se pararán.

A Marvin nunca le había gustado ir sucio. Y todos los días se cambiaba de pantalones y de camiseta. Y, como su madre había dicho que no podía lavar tanta ropa, Marvin había aprendido, y la acompañaba a menudo al lavadero de la plaza y se lavaba su ropa. Las demás mujeres del lavadero siempre se reían cuando veían a aquel niño tan pequeño lavando la ropa con tantas ganas.

El único problema que tenía Marvin eran los pies. Como no tenía zapatos, se le ensuciaban enseguida. Pero siempre que pasaba por al lado de un grifo, o de una fuente, se los lavaba. Y así había conseguido que la costra de porquería que llevaban Lionel o Marilena, a él no se le notara tanto.

–Además, vas descalzo –observó Malcom en medio de aquella lección especial y personal que le daba aquella mañana a su nuevo compañero de trabajo–. Eso irá muy bien, ya lo verás. Los niños que no llevan zapatos dan más pena que los que llevamos.

Malcom, sin saber todo lo que estaba pasando por la cabeza de Marvin, seguía dando consejos en voz baja en aquella especie de cueva desagradable y atiborrada de porquería. Pero Marvin se cansó de escucharlo. Y, como aquella mañana estaba de muy mal humor por todo lo que había pasado, contestó de malos modos.

–¿Qué te crees? ¿Qué yo no sé trabajar? Puede que lo haga mejor que tú y todo.

–Sólo quería ayudarte.

–Pues no me ayudes más.

Malcom se quedó con un palmo de narices, pero no volvió a abrir la boca.

Leonor les dio una caja de madera a cada uno.

–¡Tú, el nuevo! –le gritó a Marvin.

Marvin sintió como un calambre cuando la mujer le pasó la caja y la notó, de golpe, entre los dedos. Sin saber muy bien por qué, pensó que aquello era el principio de una manera de vivir que no deseaba de ninguna manera. Miró a su alrededor, y todo era oscuro y sucio. Cerró los ojos y recordó el sol del patio de su casa, las gallinas, los coches que pasaban rozando la valla, el cielo azul, el viento, sus hermanitos riendo y gritando. También pensó en la escuela, aquella barraca de madera a la entrada del bosque donde la señorita Lucinda les enseñaba los números y las letras, les cantaba canciones, les contaba cuentos, y les decía que un niño y una niña que supieran leer y escribir tendrían seguramente un trabajo mejor que los que no sabían. Marvin ya sabía leer y escribir, pero ahora tenía miedo de que, si se ponía a trabajar y no volvía nunca más a la escuela, se le olvidaría. Por eso, a cada momento que pasaba, iba haciendo sus planes: sólo faltaría un día al colegio, los jueves, y así podría hacerlo todo. Seguro que su madre estaría de acuerdo. Seguro.

–¿Es que no me oyes? –le gritó Leonor al lado mismo de la oreja.

Marvin dio un salto.

–Hoy irás con Malcom, y no os moveréis de la quinta avenida, ¿entendido?

Leonor le iba diciendo a todo el mundo las calles por donde debían trabajar aquel día, y así se aseguraba de que estuviesen bien repartidos y llegaran a todas partes.

–Nada de jugar ni de hacer el vago, que ya sabéis que tengo ojos en el cogote, yo –decía con una voz que era para echarse a llorar, de tan fría y antipática como le salía–. Y, cuando empiecen a desmontar los puestos y los turistas se vayan marchando, os quiero ver a todos aquí, ¿me habéis oído bien?

Los niños le decían que sí con la cabeza, inquietos, con ganas de salir ya a la calle y dejar atrás aquel sitio tan cerrado y tan desagradable.

Leonor levantó la persiana y un rayo de luz transparente iluminó la cara de los niños que, con las cajas en las manos, se lanzaron a la calle entre gritos, risas y bromas. El único que no gritaba, ni reía, ni hacía nada de nada, era Marvin. No podía entender cómo aquellos chicos salían tan felices hacia una jornada de trabajo que, como mínimo, duraría ocho o nueve horas. Se había quedado inmóvil en el umbral de la puerta, con los brazos caídos a los lados del cuerpo, la caja colgando de la mano derecha y los ojos clavados en una calle llena de ruidos, de colores, de puestos a medio montar, de turistas estúpidos y de vendedores ocupados.

–¿Se puede saber a qué esperas, tonto? –lo azuzó Leonor, que había cogido una cesta cargada de botes de cristal, llenos de hojas y de flores secas, y esperaba a que Marvin y Malcom acabaran de salir para volver a cerrar la puerta.

–Venga, Marvin, vamos –dijo Malcom, dándole un golpecito en la espalda.

–¡Sólo la quinta avenida, vosotros! –volvió a avisar Leonor.

La quinta avenida era un buen sitio, porque estaba la parada de los autobuses, unos cuantos bares y restaurantes, la iglesia y la escalinata llena de gente a todas horas, el cajero automático y un lateral de la plaza principal.

Marvin echó a andar al lado de Malcom, con unas tremendas ganas de llorar. Y eso que Marvin es un niño más bien alegre y contento, que le da la vuelta a cualquier tristeza y sabe cómo hacer para que sea un poco más dulce. Pero aquella mañana de jueves Marvin no encontraba nada dulce en ninguna parte.

Un grupo de turistas avanzaban por el centro de la avenida abarrotada de puestos.

–Venga, empezaremos –dijo Malcom.

Y, dejando a Marvin, se acercó a aquellos hombres y mujeres de piel blanca y sonrisas descomunales que tocaban, preguntaban, acariciaban la ropa de colores colgada en los puestos, consultaban, se probaban, miraban cuánto dinero llevaban, calculaban, pensaban, murmuraban y se hacían fotografías al lado del vendedor.

Malcom eligió un hombre ni muy viejo ni muy joven. La experiencia le había enseñado que los turistas viejos, además de ir con los zapatos muy limpios, son muy tacaños, y que los jóvenes, que sí que suelen llevar los zapatos muy sucios, sólo les dan conversación, a los niños limpiabotas.

–¿Y cuántos años tienes?

–¿Y cómo te llamas?

–A ver qué llevas en la caja...

–¡Huy, qué manos más negras!

–¿Y qué quieres ser de mayor?

–¿Y cuántas horas dices que trabajas?

Normalmente, ni Malcom ni los demás contestan. O solamente un sí o un no con la boca casi cerrada, sin dejar de mirar los zapatos de estos turistas jóvenes y parlanchines. Porque Leonor les tiene absolutamente prohibido que den explicaciones a los turistas que pregunten. Y, sin saber cómo, la mujer aparece siempre de repente cuando un turista empieza a hacer más preguntas de la cuenta. A veces, mira y no dice nada. Otras veces se acerca con su cesta llena de flores y hojas secas que, según ella, lo curan todo, y desvía el interés que despiertan en el corazón de los turistas las criaturas de las manos negras.

Los turistas jóvenes ríen y acarician las cabezas de los niños limpiabotas mientras les hacen preguntas. Son muy simpáticos, pero no sueltan ni un céntimo.

Por eso Malcom se fue directo a un turista ni viejo ni joven, que apretaba con fuerza una cartera muy gruesa.

–¿Quiere que le limpie los zapatos? ¿Quiere que le limpie los zapatos?

Mientras tanto Marvin, incapaz de acercarse a nadie, estaba de pie, quieto, espantado, con su caja de limpiar zapatos bien sujeta contra el pecho, y con unas ganas enormes de salir de allí zumbando. Como al final, y sin que él lo quisiera, habían empezado a escapársele unas cuantas lágrimas, tenía la cara llena de mocos. Puede que por eso, por la cara llena de mocos, por los ojos legañosos, porque ya hemos dicho que aquel día no había tenido tiempo de lavarse la cara, y por los pies descalzos, se le acercaron tres turistas,

dos chicos y una chica. No eran jóvenes, pero tampoco eran viejos.

–¿Cómo te llamas?

–Marvin.

–¿Es que no vas al colegio?

–Sí... bueno, ahora no. Ahora tenemos vacaciones.

–¿Cuántos años tienes, Marvin?

–La semana pasada cumplí siete.

Marvin, de reojo, vio a Leonor plantada en la esquina, clavándole una mirada negra y furibunda. Malcom, unos pasos más allá, arrodillado en el suelo, frotaba los zapatos del turista de la cartera gruesa.

–¿Quiere que le limpie los zapatos? –preguntó Marvin, con un hilo de voz, al chico que llevaba los zapatos más sucios.

El chico se sentó en el escalón de un portal, y Marvin se apresuró a acercarle la caja para que pusiera el pie encima. Mientras tanto, el otro chico y la chica le hacían fotografías y más preguntas.

–¿Te gusta la escuela, Marvin?

–Sí, mucho.

–¿Ya sabes leer?

–Sí.

–Si no fueras más, a lo mejor se te olvidaba leer.

–Yo volveré a la escuela.

–Eso está muy bien, Marvin.

Leonor los miraba desde lejos, intentando adivinar la conversación que mantenían.

–¿Dónde está tu madre?

–En casa.

–¿Tienes hermanos?

–Sí, cuatro.

–¿Y tu padre?

–Trabaja en la selva.

–No tienes las manos sucias de betún.

Marvin se miró las manos.

–Mañana ya las tendré –dijo, muy deprisa.

Y se puso a extender betún como un loco sobre el primer zapato.

Finalmente Leonor, con su cesta, se acercó a Marvin y a los tres turistas.

–¿Unas flores para el dolor de barriga? –preguntó, enseñando un botecito de vidrio con cuatro flores secas–. ¿Cómo va eso, Marvin?

–¿Es usted su madre? –preguntó la chica.

–Sí...

Marvin levantó la cabeza con los ojos enfurecidos. Pero la mirada de Leonor le hizo volver al trabajo más rápido que el viento.

Los tres turistas se miraron, pero no dijeron nada.

–No pueden hacer fotos –les dijo Leonor.

–¿Por qué?

–Porque lo digo yo.

Había tensión entre los turistas y la mujer.

–Nosotros no podemos hacer fotos, pero usted sí que puede hacer trabajar al niño.

–Una cosa no tiene nada que ver con la otra.

Los chicos se dieron cuenta de que la mujer también vigilaba, con miradas interesadas y furtivas, la faena de Malcom con el turista de la cartera gruesa, y la de otros dos niños que había un poco más lejos.

–¿Aquellos niños son también hijos suyos? –le preguntó el chico que se dejaba limpiar los zapatos.

–Sí.

–¿Todos?

–Todos.

Marvin iba por la segunda pasada de las tres que debía dar. Pero Leonor le estiró de la camiseta de malas maneras.

–Venga, niño, que eso ya está –le dijo mientras intentaba hacerlo levantar.

–Falta una pasada...

–La pasada te la daré yo si no te levantas ahora mismo.

Los tres turistas observaron la escena en silencio, mientras Marvin no entendía nada. No había notado el temor de Leonor ante aquellas personas que habían adivinado todo lo que la mujer hacía con los niños de las familias más humildes. Y, si no lo había notado, era porque Marvin aún no sabía de la misa la media.

–¡Espera, Marvin! –gritó el chico de los zapatos a medio limpiar, mientras se escarbaba en los bolsillos–. Ten.

Le dio unos céntimos y Marvin, por primera vez en todo el día, sonrió.

–Gracias –dijo, abriendo de par en par unos ojos que reflejaban la luz y la limpieza del cielo de la mañana.

–Adiós, Marvin, y mucha suerte.

Los tres turistas se quedaron un momento mirándolo, mientras Leonor lo arrastraba por el laberinto de puestos. Una vez fuera del alcance de la vista de los turistas, Leonor le soltó una bofetada.

–No vuelvas a hablar con los turistas nunca más, ¿me oyes? ¡Ni dejes que te hagan fotos, estúpido! ¡Tú, a mirar al suelo y a limpiar los zapatos, que para eso estás aquí!

Marvin no dijo nada. Pero acariciaba con ternura aquellos céntimos que se había echado al fondo del bolsillo. «Sí, tú ve diciendo, mala bruja, pero hoy llevaré a casa un par de pescados buenos para cenar.» Y, antes de que la mujer le dijera nada más, echó a correr con la caja de los zapatos en la mano y con el corazón un poco más contento.

Malcom ya iba por el quinto par de zapatos de la mañana cuando Marvin se le plantó al lado.

–¿Vas bien? –preguntó Malcom sin levantar la cabeza.

–Sólo he hecho un par.

–¿Qué te ha dicho Leonor?

Malcom lo había visto todo.

–Nada.

–Más vale que nos separemos. Si te parece, podemos encontrarnos al mediodía en los escalones de la iglesia, comemos un poco y después volvemos al trabajo.

Marvin no tenía ganas de ir solo a buscar zapatos que lustrar. Tenía miedo de que

Leonor volviera a encontrarlo y que le atizara otra bofetada en cualquier rincón. Había muchas cosas que aún no sabía de aquel oficio. Y se había dado cuenta de que, sin la ayuda de Malcom, no se las arreglaría. Si escuchaba los consejos de su amigo, en cambio, aquella tarde volvería a casa con un montón de dinero.

–Prefiero ir contigo.

Malcom no dijo nada. Acabó de limpiar los zapatos, recogió los trapos y el cepillo, se levantó, cogió el dinero que le daban, se lo metió en el bolsillo y después, sujetando a Marvin por el hombro, se lo llevó cerca del cajero automático.

–Hablas demasiado –le dijo.

–¿No se puede contestar si te preguntan?

–No.

–¿Por qué?

–Pues porque no, porque hay turistas que hacen demasiadas preguntas y no hace falta que sepan nada.

–¿Que sepan nada de qué?

–¿Quieres quedarte sin trabajo?

Marvin dudó unos momentos. Si se quedaba sin trabajo, quería decir que estaría en casa, con su madre y sus hermanos, y que quizás, cuando acabaran las vacaciones, todavía podría volver a la escuela. Pero entonces no tendrían pescado para cenar. Ni medicinas para cuando su madre estuviese enferma. Si su padre no volvía nunca más de la selva, él tendría que llevar el dinero a casa, si no querían morirse de hambre.

–No, no quiero quedarme sin trabajo.

–Pues, venga, a trabajar. Yo me voy hacia la estación de autobuses. Tú, ve hacia la plaza. Y, cuando el sol esté en lo más alto del cielo, nos encontramos en los escalones de la iglesia.

Marvin vio con tristeza cómo el pequeño Malcom, con la caja de los zapatos al cuello, se iba corriendo hacia la parada de autobuses, donde acababan de descargar tres tandas de turistas. Él se volvió en redondo y enfiló el camino de la plaza.

Había mucha gente sentada en los bancos, bajo los soportales.

Marvin metió los pies en un charco de agua sucia. Después se extendió los mocos por la cara. Disimuladamente, cogió uno de los trapos de la caja y se frotó bien las manos, para que le quedasen tan negras como las de Malcom y los demás. Y puso ojos de pena.

Hasta el mediodía, Marvin lustró once pares de zapatos. Los céntimos ya casi no le cabían en los bolsillos.

Una vez más, sólo una, vio a Leonor, que le miraba de lejos.

En los escalones de la iglesia, cuando el sol estaba en lo más alto, Malcom y Marvin se sentaron y abrieron los saquitos en los que llevaban la comida. Los dos comieron un puñado de alubias y un trozo de torta de harina. Después fueron a la fuente y bebieron un sorbo de agua. Antes de volver al trabajo se sentaron un rato más en los escalones, que estaban abarrotados de gente y de fardos.

A Marvin le dolía la espalda.

–Eso es porque no estás acostumbrado a estar tanto rato agachado –le dijo Malcom. Y le enseñó unas cuantas posturas para que no se cansara tanto. También le dijo dónde tenía que hacer fuerza cuando limpiaba–. Usa las manos, pero no todo el brazo, ¿me entiendes?

Y, siempre que puedas, ponte en cuclillas, no con la espalda doblada.

Parecía mentira que aquel niño, más pequeño y más bajito que él, tuviera que darle lecciones sobre unas cosas tan sencillas.

–¿Cuánto hace que limpias zapatos tú? –le preguntó Marvin.

–¿Yo? Ahora hace un año. Tenía cinco y medio cuando empecé.

–¿Y dejaste de ir a la escuela?

–Yo no he ido nunca a la escuela.

–¿No sabes leer ni escribir?

–No.

–¿No has visto nunca un cuento?

–Sí, los dibujos.

Pasó una familia de turistas, un padre, una madre y dos niños de la edad de Marvin y Malcom. Ninguno de aquellos niños tenía las manos negras. Subieron por la escalera

y se sentaron a su lado. El padre se sacó del bolsillo la cámara fotográfica.

–No, más hacia la orilla –les decía a los niños de las manos limpias.

Los dos niños miraban a Malcom y a Marvin con un poco de recelo, pero se acercaron.

–¡Vamos, Malcom! –dijo de repente Marvin, acordándose de la mala cara de Leonor cuando le vio dejándose fotografiar.

–¿Por qué?

–Leonor no quiere que...

–Tú espérate.

Malcom, sin levantarse de los escalones, le gritó al hombre:

–Una fotografía conmigo, un céntimo. Conmigo y con mi amigo, dos céntimos. Conmigo, mi amigo y tus hijos, cuatro céntimos. Conmigo, con mi amigo, con tus hijos y con tu mujer, cinco céntimos.

Marvin puso unos ojos como dos naranjas. Él no sabría nunca, nunca, hacer lo que hacía Malcom. Pero, al final, recogieron cinco céntimos, y Malcom le dijo que le daba tres de los cinco.

–Tendría que darte sólo dos, porque me lo he trabajado yo y tú no has dicho ni pío –le dijo, riendo–. Pero como es tu primer día...

Y después le dijo que aquellos tres céntimos se los guardaba él. Y se los metió en un zapato.

–Como tú no llevas zapatos...

Marvin no le preguntó por qué se guardaba aquellos céntimos en el zapato, ni por qué no se los podía guardar en el bolsillo, en el suyo, donde llevaba ya todos los que había ganado limpiando los zapatos de la mañana. No se lo preguntó porque ya veían a Leonor de lejos, que, por gestos, les decía que volviesen al trabajo.

Bajaron las escaleras corriendo y, como por la mañana, volvieron a separarse. Uno se fue hacia una punta de la quinta avenida. Y el otro, hacia la otra.

Marvin limpió cinco pares de zapatos más.

Hacia la tarde, volvió a ver a los tres turistas con los que había hablado por la mañana. Iban cargados con un montón de bolsas de donde sobresalían pilas de ropa de todos los colores. Vio que le hacían señales, pero huyó como alma que lleva el diablo. No quería más problemas.

Cuando vio que los vendedores empezaban a desmontar los puestos, se encaminó hacia el callejón donde Leonor tenía aquel local tan sucio y oscuro. Malcom ya estaba allí. Y

los otros niños iban llegando. Se les veía más cansados que por la mañana, y no reían tanto ni se gastaban tantas bromas. Marvin también se notaba las piernas y las manos cansadas. Pero su bolsillo estaba lleno de céntimos que rebotaban de un lado a otro cuando corría. Ahora sólo tenía ganas de pasar por el mercado cubierto y mirar si aún quedaba pescado en algún puesto. A lo mejor, también le alcanzaba para comprar una papaya de las gordas, que le gustaban mucho a su madre.

Leonor abrió la puerta y, como por la mañana, les mandó que entraran deprisa. Cuando estaban todos dentro, bajó la persiana con un golpe seco.

Estaba mucho más oscuro que antes, y no se veía nada. Leonor encendió una vela medio consumida y los hizo ponerse a todos de espaldas a la pared. Los otros ya debían saber qué venía ahora, pero Marvin, que era nuevo, no.

Para empezar, Leonor les pedía las cajas. De una en una las abría, las miraba y remiraba, y comprobaba que no faltaba ni el tubo de betún, ni ninguno de aquellos trapos tan sucios y negros, ni el cepillo. Después, ella misma metía la mano en los bolsillos de los niños y sacaba todos los céntimos. Los contaba y se lo apuntaba en un papel ajado y amarillento. Después, los dejaba en una cajita metálica que había sacado del armario.

Marvin, de repente, entendió el juego de la mujer y estuvo a punto de echar a correr hacia la puerta, abrirla y huir de allí más rápido que el viento. ¡Aquella mujer iba a quitarle los céntimos que había ganado en todo el día! Malcom, que adivinó el pensamiento de su amigo, lo agarró bien fuerte por el brazo.

–No te muevas –le susurró.

–Pero esta mala bruja nos quitará todo el dinero.

–¡Que no te muevas, te digo!

Leonor se acercó a ellos. Miró la caja de Malcom, le cogió los céntimos, miró la caja de Marvin y refunfuñó:

–Huy, huy, huy, mucho betún has gastado tú. Y sólo hay dos, de los tres trapos que había esta mañana.

No era verdad. Había dos trapos porque en su caja, por la mañana, sólo había dos trapos, que en eso Marvin sí que se había fijado. Pero no se atrevió a decir ni media palabra mientras notaba ya la mano de la mujer palpándole el interior del bolsillo, buscando los céntimos.

Leonor, cuando acabó con el registro, se fue hacia la mesa, contó los céntimos, cogió

unos cuantos y se los fue dando a los niños. A Marvin, de los veinticinco o veintiséis que había recogido en todo el día, le dio ocho. Miró aquellos ocho céntimos sobre su mano pequeña, negra y temblorosa, y pensó que la papaya la compraría otro día. Y que suerte tendría si le llegaba para un pescado, sólo para uno.

Primero le entraron ganas de llorar. Después, de pegar a Leonor. Y, finalmente, de creerse que aquello era sólo una pesadilla y que, dentro de nada, se despertaría abrazado a Marilena y a Lionel, y que empezaría un día lleno de sol y de risas, en el patio, con las gallinas.

Pero, sintiendo aún la mano de Malcom en su brazo, ni lloró, ni le pegó a nadie, ni se despertó de ninguna pesadilla. Pero sí que es verdad que una tristeza infinita y muy honda, mucho, se le paseó desde la cabeza hasta los pies descalzos. Una tristeza que hacía daño, como cuando le dolía la barriga o la garganta y Mariana, la vecina que los cuidaba como si fuesen su propia familia, le daba una infusión de hierbas caliente y azucarada. Sólo que allí, en el local sucio y oscuro de Leonor, nadie le daba nada azucarado. Sólo la mano de Malcom, reprimiéndole la ira y la tristeza, le recordaba el sabor del azúcar en la infusión caliente.

Al cabo de un rato Leonor abrió la puerta, salió y miró a los dos lados. Después les mandó que se fuesen.

–El domingo, bien temprano, quiero veros a todos aquí. El que se duerma, ya no hace falta que venga.

Los niños se dispersaron por las calles, cansados, medio muertos de hambre, con ganas de tumbarse en los colchones que los esperaban en casa.

Malcom arrastró a Marvin hacia los soportales de la plaza.

El cielo se oscurecía muy deprisa, y apenas quedaba algún puesto todavía montado. La gente se apresuraba a cargar las camionetas o a colocarse los fardos en la cabeza, a punto para volver a casa. Turistas, ya no quedaba ni uno.

Bajo los soportales, Malcom se sacó las monedas del zapato. Separó tres y se las dio a Marvin.

–Y espera, que eso no es todo –dijo, con voz de misterio.

Poco a poco, disimulando, mirando de reojo hacia todos lados, Malcom se levantó y se acercó a un bidón que los del ayuntamiento ponían los días de mercado para que hiciera de papelera. Con un poco de esfuerzo lo levantó, metió la mano debajo,

removió un poco y volvió a poner el bidón en su sitio.

Cuando estuvo al lado de Marvin, le enseñó un puñado de monedas.

–Hoy nos la repartiremos, pero el domingo ya te espabilarás tú solo para buscarte un buen escondite.

–Quieres decir que...

–¡Pues claro! No quiero que esa mala bruja me lo quite todo. Todos lo hacemos, eso de esconder unas cuantas monedas, pero tienes que andar con mucho cuidado. Un día descubrió que uno lo hacía y, al día siguiente, su casa estaba toda quemada. ¡Y menos mal que aquel chaval y su familia pudieron huir del fuego!

Marvin se horrorizó sólo de pensar que le podían quemar la casa con él, su madre y sus hermanos dentro.

Malcom se fue a casa y Marvin entró al mercado cubierto, un edificio lleno de puestos de los comerciantes más ricos, o menos pobres, que podían pagar un sitio a cubierto y sin tener que montar y desmontar cada día, como hacían los otros.

Pudo comprar la papaya y dos pescados de los gordos. Y también compró zanahorias y calabaza. Y aún le sobró dinero.

Después, muy contento, enfiló la carretera que salía de Chichi, camino de su casa.

Por la tarde se había nublado el cielo y ahora, al oscurecer, empezaban a caer unas gotas delgadas. También bajaba la niebla desde las montañas, y las calles estrechas y empedradas de Chichi, y las casas de tejas rojas, se sumergían en una especie de humo denso y gris, como si todo se preparara para dormir un sueño irreal y mágico.

Por la carretera había aún mucho movimiento. Las camionetas de los comerciantes, cargadas hasta el techo, se mezclaban con los que iban a pie. Toques de claxon, gritos y ladridos de perros emergían de la niebla que escondía la puesta de sol.

Marvin tenía ganas de llegar a casa. Habría corrido y todo, si no fuera porque tenía las piernas cansadas y el cuerpo descoyuntado. Porque una cosa es jugar todo el día y pararte cuando quieres y otra, muy diferente, es levantarte, agacharte, mover las manos y los brazos como una máquina, y aguantarte el miedo, la tensión, las lágrimas y el dolor de corazón. Porque, aquel día, Marvin había tenido un dolor de corazón terrible. Aunque él no sabía qué le pasaba exactamente. Sólo había notado que algo, algo como una piedra, se le ponía en mitad del pecho cada vez que pensaba en la escuela que nunca volvería a pisar y en las manos que se le volverían negras. Ya las tenía un poco negras. Mañana se las lavaría con fuerza. Pero el domingo volvería a limpiar zapatos. Y al otro jueves, también. Y al otro domingo. Y al otro jueves. Y seguro que, al final, las tendría tan negras como Malcom y los demás. Y así toda la vida.

Pero después pensaba en el pescado, en la papaya, en la calabaza y en las zanahorias que llevaba, y la piedra, de repente, le desaparecía del medio del pecho.

Oyó que un coche frenaba justo a su espalda, y un toque de claxon. Al volverse vio a aquellos tres turistas, ni viejos ni jóvenes, que le habían hecho tantas preguntas por la mañana. Bajaban del coche y le llamaban.

–¡Marvin! ¡Espera!

Uno de ellos llevaba algo en la mano.

Pero Marvin no se esperó. Todavía le parecía ver los ojos enfadados de Leonor diciéndole que no debía hablar con los turistas. Y sentía, con toda la intensidad, la bofetada que le había pegado la mujer.

–¡Marvin! ¡Son unos zapatos! ¡Te hemos comprado unos zapatos!

–¡Y un cuento!

Pero Marvin ya no los oía. Había echado a correr como un loco carretera adelante, con la bolsa del pescado, la papaya y las verduras en la mano, y no paró hasta cruzar la valla del patio y abrir la puerta de su casa de un empujón.

Encontró a su madre y a sus hermanos muy quietos en la cama de Alma, como si estuvieran esperándole. Al verle, se levantaron todos. Gilberto, que sólo hacía un mes que caminaba, se le agarró a las piernas y no lo solta-

ba. Hasta aquel día, nunca había estado tantas horas sin ver a su hermano mayor. Danilo, en brazos de su madre, también rió al verle. Marilena le cogió las manos y se las olfateó.

–¡Uf! –dijo–. Qué peste.

Pero fue a buscarle una palangana con agua para que se las pudiera lavar bien.

–El domingo iré a trabajar contigo –le dijo Lionel, que apenas tenía cuatro años y medio.

–No, Lionel, tú aún eres demasiado pequeño –le dijo Marvin.

Y se ve que fue en aquel momento, justo en aquel momento, cuando Marvin decidió que ninguno de sus hermanos dejaría la escuela para ir a limpiar zapatos al mercado de Chichi los jueves y los domingos. Él haría todo lo posible para que aquello no sucediese nunca.

A la hora de cenar, Marvin estaba tranquilo y satisfecho mientras se comía la sopa de calabaza y zanahoria y su madre acababa de freír los pescados. Cuando la mujer se sentó a la mesa, Marvin le dijo:

–Si sólo voy a trabajar los jueves y los domingos, podré volver a ir a la escuela. Sólo faltaré los jueves, y la señorita Lucinda lo entenderá.

Su madre lo miró un momento, con ternura y pena a la vez.

–No, Marvin, no puedes volver a la escuela –le dijo con un hilo de voz.

–Pero si sólo son los jueves y los domingos...

–Los jueves y los domingos en Chichi, sí, pero los demás días en Santa Cruz, en Totonicapán, en Xela... Hay mercado un día a la semana en cada sitio. Leonor pasará a buscarte con una camioneta los días que vayáis lejos. No puedes volver a la escuela, Marvin.

Necesitamos dinero, y ya te lo había dicho tu padre. Él también empezó a trabajar a tu edad. Tienes que entenderlo.

A Marvin se le volvió a poner la piedra en mitad del pecho, y no se le quitó en toda la noche.

Al día siguiente, mientras esperaba a que Leonor pasara a buscarlo con la camioneta, vio el paquete al lado de la valla. Lo abrió. Había unos zapatos y un cuento.

Los zapatos los tiró. No estaba acostumbrado a andar calzado, y, además, ahora ya sabía que los niños descalzos dan más pena, y que los turistas los prefieren para que les limpien los zapatos.

El cuento lo abre cada noche, cuando vuelve de trabajar. Y se lo lee a sus hermanos. Muy pronto Marilena podrá leerlo sola. Y Lionel también.

Marvin sabe que nunca más volverá a la escuela. Pero, de vez en cuando, los días que gana más céntimos, se compra otro cuento, porque el que le dejaron aquellos turistas ya se lo sabe de memoria. No quiere perder todo lo que le enseñó la señorita Lucinda en la escuela. Y también cada noche, antes de dormir, cuenta los céntimos que ha ganado y los que ha gastado. La señorita Lucinda también le enseñó a hacer sumas y restas. Y él no quiere olvidar nada de lo que sabe. Y, si puede, aprenderá más y más cosas, todo lo que pueda, para no tener que pasarse la vida limpiando los zapatos de los demás.

Pero eso, en Chichi, es un poco difícil si el padre trabaja tan lejos, si la madre está enferma, y si se ha de ir a buscar agua a la fuente de la plaza y leña al bosque para encender el fuego.

Parece mentira, pero es así.

Otros títulos de la colección «Calcetín»

CALCETÍN AMARILLO - A PARTIR DE 8 AÑOS

¿Me ajuntas?
de Seve Calleja
Dibujos de Carlos Ortin
ISBN: 978-84-9845-059-0
«Calcetín», 30

¿Te imaginas lo divertido que sería ser otra persona por un día? Podrías hablar, vestir, comer e incluso pensar de otra forma. Descubrirías un mundo distinto, pero también que, en el fondo, somos más parecidos de lo que pensabas... Si acompañas a los protagonistas de estos tres relatos y a sus amigos, lo comprobarás.

Otros títulos de la colección «Calcetín»

CALCETÍN AMARILLO - A PARTIR DE 8 AÑOS

La brujita Gari
de Braulio Llamero
Dibujos de Montse Tobella
ISBN: 978-84-9651-479-9
«Calcetín», 27

La brujita Gari no es ni viejísima, ni malísima, ni feísima. En eso no se parece a las brujas de otros cuentos. Gari es joven y guapa, tiene el pelo rizado, pecas en la cara y no le gusta hacer daño a nadie. Ella misma te cuenta en este libro cómo consiguió hacerse bruja, tras burlar a las terribles Brujas Exterminadoras...

Otros títulos de la colección «Calcetín»

CALCETÍN AMARILLO - A PARTIR DE 8 AÑOS

El tesoro de Casimiro el Feo
de Carmen Gil
Dibujos de Horacio Elena
ISBN: 978-84-9651-475-7
«Calcetín», 23

El capitán pirata Morgan, su abuela Apolonia, el grumete Chinchorro y el cocinero francés Ragout forman parte de la curiosa tripulación del *Barrilete*. Como necesitan dinero, deciden secuestrar a Desideria Josefina, una princesa más conocida como Desa Fina, con un carácter muy especial. ¡Pronto se arrepentirán de su decisión!

Otros títulos de la colección «Calcetín»

CALCETÍN AMARILLO - A PARTIR DE 8 AÑOS

Te regalo mi cumpleaños
de Seve Calleja
Dibujos de Pep Montserrat
ISBN: 978-84-96514-64-5
«Calcetín», 18

A Jaione no le gusta el día de su cumpleaños, que coincide con el de Nochebuena, porque, como ésa es una fiesta tan grande, no puede celebrar una para ella sola. Menos mal que el Duende de los Sueños, un hombrecillo que saca hermosas historias de su paraguas mágico, le ofrecerá una solución.

Otros títulos de la colección «Calcetín»

CALCETÍN AMARILLO - A PARTIR DE 8 AÑOS

Un pelotón de mentiras
de Pilar Mateos
Dibujos de Alberto Pieruz
ISBN: 978-84-9651-406-4
«Calcetín», 14

Pelotón parece un chico como otro cualquiera. Pero tiene una habilidad especial. Es el campeón de las mentiras. No hay nadie que le gane diciendo mentiras; hasta que un día descubre las consecuencias de sus engaños y decide cambiar. Y no se imagina las sorpresas que va a llevarse.